猫头鹰之夜

[美]苏珊·爱德华兹·里士满 著　　[西]玛丽贝尔·莱丘加 绘　　柳漾 译

天津出版传媒集团
百花文艺出版社

献给我的妈妈南茜·爱德华兹和爸爸詹姆斯·爱德华兹，他们带着对自然的热爱抚养我长大，并给予了我一双“翅膀”。

——苏珊·爱德华兹·里士满

献给我的爷爷马诺洛，他让我懂得要爱护鸟类。

——玛丽贝尔·莱丘加

图书在版编目（CIP）数据

猫头鹰之夜 / (美) 苏珊·爱德华兹·里士满著；(西) 玛丽贝尔·莱丘加绘；柳漾译. -- 天津：百花文艺出版社，2024.9
ISBN 978-7-5306-8796-3

Ⅰ. ①猫… Ⅱ. ①苏… ②玛… ③柳… Ⅲ. ①儿童故事－图画故事－西班牙－现代 Ⅳ. ①I551.8

中国国家版本馆 CIP 数据核字 (2024) 第 081798 号

Night Owl Night
Text Copyright © 2023 by Susan Edwards Richmond
Illustrations Copyright © 2023 by Maribel Lechuga
English language edition published by Charlesbridge Publishing, Inc., under the title, *Night Owl Night*
Simplified Chinese Character rights arranged through CA-LINK International LLC
(www.ca-link.com)

天津市版权局著作权合同登记图字：02-2024-044号

猫头鹰之夜
MAOTOUYING ZHI YE
[美] 苏珊·爱德华兹·里士满 著　[西] 玛丽贝尔·莱丘加 绘　柳漾 译

出 版 人：薛印胜　责任编辑：李文静
特约编辑：贾芳凝　装帧设计：丁莘苡
出版发行：百花文艺出版社
地址：天津市和平区西康路 35 号　邮编：300051
电话传真：+86-22-23332651（发行部）
+86-22-23332656（总编室）
+86-22-23332478（邮购部）
网址：http://www.baihuawenyi.com
印刷：天津鸿景印刷有限公司
开本：889 毫米 × 1194 毫米　1/16
字数：40 千字　印张：2
版次：2024 年 9 月第 1 版　印次：2024 年 9 月第 1 次印刷
定价：46.00 元

如有印装质量问题，请与天津鸿景印刷有限公司联系调换
地址：天津市武清区梅厂镇财源路 1 号　电话：（022）29300192　邮编：301701

每到十月，我的妈妈就成了一只夜间猫头鹰。每天晚上给我晚安吻后，她就飞入了黑夜之中。

妈妈是一位研究猫头鹰和其他鸟类的科学家。

最重要的是，我也想跟她去。我想看着猫头鹰的眼睛，追随着它们的飞行。关于猫头鹰，妈妈知道的，我都想知道。

我也想成为一只夜间猫头鹰。

第一次提出跟妈妈一起去时，我在床上哭着哀求："求——求你，求——求你。"

"现在还不行，索娃，我的小鸣角鸮，"妈妈说，"科学家必须学会等待。"

第二次时，我在厨房里恳求：“我想去，我就想跟你一起去！”

“现在还不行，我的横斑林鸮，”妈妈回答，“有时候，科学家必须学会等待。”

第三次提出想去时，我站在走廊那儿，个头儿已经高了不少。我轻柔地唤道：“我已经醒了，让我也去吧。”

那次，妈妈停顿了一下，说：“快了，我的大角鸮。很快就可以了。”

今晚，我终于足够大了。当妈妈穿戴她的外套和帽子时，我已经穿好又软又暖的外套，戴好暖和的帽子，静静地站在她的身旁了，我安静得就像一只飞行中的棕榈鬼鸮。她打开门，我们一起冲了出来。

妈妈一边开车，一边跟我说起棕榈鬼鸮正要迁徙到南方过冬。

“我们保护区的这片森林是它们飞行经过的地方之一。”她说，“在它们的旅程中，像我们这样的人会持续关注和研究它们。”

窗外，夜色就像妈妈的辫子一样沉重而黑暗。

“我们怎么才能看到猫头鹰？”我问。

“我们每人都有一盏灯，索娃，我的小猫头鹰。”妈妈说，“夜空也一样，挂在树梢上的月亮就是夜空的灯。”

等我们到了林区，妈妈打开一个鼓鼓囊囊的包裹，拿出两盏头灯。当我将其中一盏往头上戴时，两只手激动得直发抖。灯光向路边喷射，妈妈连忙帮我调整好光束。

我们步行时，灯光在树根和石头上照出了一条路。

“看这儿！”妈妈说，我们面前的两棵树之间拉着一张几乎看不见的网，“这叫雾网，有些猫头鹰可能会在飞过这片树林时落在上面。”

我摸了摸那些波浪一般的丝线，它们柔软得就像绒毛。

妈妈轻轻拨了一下某个盒子上的开关，那就是她说的声音诱饵。很快，我们听到了一段录音，正是棕榈鬼鸮“突突突”的叫声。声音渐渐传入了树林。

我们来到野生动物保护区的小木屋，妈妈把我们带来的科研工具一一摊开：一根弹簧秤、一把尺子、一把钳子和几根金属带。

“我们要把猫头鹰带到这儿来吗？”我问。

“如果它们落在雾网上的话，”妈妈说，“有的晚上会落十几只甚至更多，有的晚上一只也见不到。”

拜托，今晚一定要有猫头鹰。

妈妈将计时器设置成三十分钟。我开始问她每样工具的作用。

“如果一只猫头鹰落下来，我们会测量它的身高，称一下它的体重，标记它的旅行痕迹。”妈妈跟我解释，“我们尽可能多了解一些，这样也更有利于与其他科学家互相分享。”

我们玩了一个轮流猜对方画了什么的游戏。妈妈画了一棵树、这间小木屋以及一只飞蛾。我除了猫头鹰，什么都没画！

叮叮叮！

从小木屋出发时，我们的头灯射出了又直又亮的光束。我不禁担心起落在雾网上的猫头鹰。

“它们会害怕吗？”我问。

“它们在休息，很安全，索娃，”妈妈向我保证，“就像你在两棵橡树间的吊床上休息一样。”

我想象着几只猫头鹰依偎在我的怀里，我们就这样躺在舒适的吊床上。

“要是今晚一只猫头鹰也没有怎么办？”我又问。

“每个晚上，我的小猫头鹰，我们都会统计落在网中的猫头鹰数量。”妈妈说，“作为一名科学家，你得学会等待。总会有下一个晚上的，对吧？”

我想问问下一个晚上我还能不能再来。一年剩下的时间里，妈妈白天都会在保护区研究和保护鸟类，晚上我们倒是能一起在家里听猫头鹰的叫声。但每年的这个时候是不同的。现在的我们就在猫头鹰的家里。我想跟妈妈争取一下，在这个十月，还能有一天晚上与她一起月下看猫头鹰。

可我还没来得及开口，我们就回到了林中空地。

旋涡一样的东西在网上上下跳动。

“是猫头鹰吗？”我压低声音问。

妈妈摇了摇头，说：“树叶也很容易落到这张网上。”我们沿着两张网走，取下挂在上面的树叶，把一团团“嘎吱”作响的叶子都扔在地上。没有猫头鹰。

回到小木屋，我们重新把计时器定成了三十分钟。

我们一起玩“井”字棋。我的棋子像是栖息在线上的猫头鹰。当我将三枚棋子成功连到一排时，计时器响了，于是我们连忙出发。

声音诱饵的“突突突”声越来越大。突然，一道白光从眼前的小路一闪而过。

“一只鹿？”我小声问妈妈。她点了点头。

但网子上，除了树叶什么也没有。此时，夜晚的黑暗中似乎也藏着我的失望。我知道科学家必须学会等待，可是我已经等了许多年了。

妈妈设置了计时器，以便进行最后一次检查。

我太累了，不想玩游戏，于是妈妈就给我讲她第一次遇到棕榈鬼鸮迁徙时的往事。那是一个暴风雨之夜，三只猫头鹰落在了雾网上。闪电大作，雷声隆隆，另一位科学家把它们都放走了，她想确保人们和猫头鹰都有足够的时间安全离开。

“我当时失望极了，”妈妈说，“但我的搭档告诉我，总会有下一个晚上的。”

我蜷缩在一把椅子里，妈妈给我围了一张毯子。我想着暴风雨来临前，猫头鹰飞入黑夜的情景。我的眼皮越来越沉，但我极力不让它们合上。

如果我始终都成不了夜间猫头鹰，而猫头鹰也知道了这一点，该怎么办？如果它们偏要等我睡着时再出现怎么办？

接下来我感觉到的，是妈妈在轻轻地摇晃我。

“是时候了。”她说。

此时，明月高高地挂在树林的上空。我们关掉头灯，在月光下前行，就像其他夜间生物一样，比如浣熊、负鼠和郊狼，也像猫头鹰。我们看不见它们，但妈妈说它们可是一直盯着我们的。

声音诱饵的“突突突”声充斥着我的脑海，我感觉像在做梦一般。但我现在的确完全清醒着。我准备好了。

第一张网上没有猫头鹰。我们抖掉了上面的树叶。

第二张雾网也是，空空的。我转向妈妈。“科学家必须学会等待，”我说，我的声音有一点儿颤抖，“总会有下一个晚上的。”

妈妈抬起一只胳膊搭在我的肩膀上。我紧紧地闭上双眼，免得眼泪掉下来。

这时，黑暗中传来一声“呼呼”声，听起来有点儿模糊。第二张网突然动了起来！

妈妈轻轻地打开了一个羽毛团子。我的心“怦怦”直跳。竟然是一只棕榈鬼鸮！它小小的，很完美。

我们小心翼翼地把它带回小木屋。

在小木屋，妈妈稳稳地将猫头鹰握在手里，而它则竖起羽毛，喙啄个不停。

“没事的，小家伙，”我轻轻地说，“和我们在一起，你很安全。”听我这么一说，猫头鹰的喙渐渐平静下来，它浑身的羽毛也放松了下来。

“和猫头鹰相处，你很有一套啊，索娃。”妈妈说。

给猫头鹰测量和称重时，我不由自主地屏住了呼吸。我盯着它心形的脸庞，还有腹部的色斑。

① 盎司，英美制质量或重量单位，1 盎司合 28.3495 克。
② 英寸，英美制长度单位，1 英寸等于 2.54 厘米。

妈妈轻轻展开猫头鹰的一只翅膀，然后用一种特殊的黑光照射它的羽毛下侧。

“看到粉红色的光晕了吗？”妈妈说，“这说明它还没换过羽毛。它很年轻。这应该是它的第一次迁徙。”

“跟我一样，”我说，“这也是我第一次看到迁徙的猫头鹰。”

妈妈小心翼翼地在猫头鹰的一条腿上套上一个小小的金属环。

“这是我们标记猫头鹰的方式，这样我们就可以追踪它飞向了哪里。”她指着金属环上我几乎看不清的字迹说，“这个金属环就是它的‘环志’，每个环志上的编号都是唯一的。”

妈妈告诉我，弗吉尼亚州的一个环志站就曾发现过一只戴有我们这里做的环志的猫头鹰。“有时我们也能发现来自缅因州的猫头鹰，”她继续说，“在猫头鹰漫长的夜行之旅中，我们这儿也只是其中一站。”

“科学家们就是根据环志来研究猫头鹰去过哪些地方的吗？”我问。

妈妈点了点头。

“这么一来，环志能保证这些猫头鹰在旅途中的安全。”我刚说完，妈妈就紧紧地抱了抱我。

现在，妈妈知道的，我终于也知道了一点儿。可我还想知道得更多。

我们走进夜色中——妈妈和我，还有这只猫头鹰。

“伸出你的胳膊，我的小夜间猫头鹰。”妈妈说。

我感觉到猫头鹰的小爪子在“嘎吱嘎吱”地抓我的袖子——它很轻，几乎没有重量。这只猫头鹰紧贴着我，然后转过身来，大大的眼睛凝视着我。

“呼”的一声，一道黑色的影子飞进夜空。然后，四周一片寂静。

我觉得浑身轻飘飘的，仿佛我也正从地面飞起。这只猫头鹰将继续它的旅行，而我的一部分也紧紧跟随它而去。

呼呼——谁知道呢？说不定某一天，我会再次看到这只猫头鹰。

北方森林中常见的猫头鹰

想要了解更多关于不同猫头鹰的信息并听到它们的叫声，请扫一扫二维码。

东美鸣角鸮

（学名：Megascops asio）

索娃第一次请求和妈妈一起去时，她哭着哀求，模仿的就是鸣角鸮那怪异可怕的、颤音下行的叫声。记录在册的野外最大的东美鸣角鸮至少有 14 岁半了。它的年龄是根据腿上的环志来确认的，它的发现地是加拿大的安大略省，那里也是它最初被标记的地方。

大角鸮

（学名：Bubo virginianus）

又名美洲雕鸮。索娃第三次请求和妈妈一起去时，模仿的就是大角鸮柔和的重复叫声，通常被标记为“Who's awake?Me,too.”所谓的“角”既不是指头上的角，也不是指耳朵。实际上，“大角”得名于它们用于保护自己的领地而展示出来的一簇羽毛。它们的耳朵是头部两侧的小洞，上面覆盖着羽毛。

横斑林鸮

（学名：Strix varia）

第二次请求和妈妈一起去时，索娃的恳求模仿了横斑林鸮叫声的节奏和声音，这种叫声常常被记作“Who cooks for you?Who cooks for you all?”（观鸟者习惯使用简洁、朗朗上口的短语来帮助他们记住不同鸟类的叫声，这里的英文发音与横斑林鸮的叫声相似。）除了捕食小型哺乳动物，横斑林鸮有时也会捕食螃蟹和小龙虾。如果吃了太多小龙虾，它们翼下的羽毛会因为贝类的色素而变成火烈鸟一样的粉红色。

棕榈鬼鸮

（学名：Aegolius acadicus）

直译过来是“北方锯磨猫头鹰”，这种猫头鹰因其“突突突”的叫声而得名，常被形容为“一把锯在磨刀石上磨啊磨”。它们在北方森林的筑巢季节很常见，但因是夜间活动的动物，所以很少被人类见到。棕榈鬼鸮体形很小，和知更鸟的个头儿差不多，但它们的体力却足以在秋季迁徙时飞越大型水域，比如北美五大湖和大西洋。

棕榈鬼鸮环志

作者手记

我在马萨诸塞州林肯镇的杜姆林农场野生动物保护区工作时，对棕榈鬼鸮产生了兴趣。

当时我受邀参加一场环志演示会，便立即被这些迷人的动物深深吸引了。它们在被称重、测量和套环时表现出来的冷静让我震惊不已，而当我把我的第一只棕榈鬼鸮放回夜空时，我又激动无比，如同我笔下的角色索娃一般。

科学家们为鸟类做环志，目的在于了解它们迁徙何处以及途中经停何处。环志上的数据可以帮助科学家们确认许多问题，诸如哪些栖息地需要加以保护，鸟类的寿命有多长，鸟类是否每年都会回到同一个地方繁殖和过冬，某种鸟类的数量是上升还是下降，等等。很多自然保护组织，像杜姆林农场，都会组织演示活动或提供机会让志愿者作为社区科学家参与鸟类的保护工作。

某个环志站里的棕榈鬼鸮
（马修・西摩拍摄）

棕榈鬼鸮环志所需收集的数据包含：

- 捕获的日期和时间
- 地点
- 体重
- 翼弦长度（弦长是将翅膀折叠后进行测量的，从翅膀的弯曲处或腕关节，量到最长的羽毛尖端）
- 性别（根据翼弦长度和体重确定，雌性通常体重略重）
- 年龄（根据翅膀羽毛的颜色对比和状况确定）
- 体脂（按照 0 到 3 来评估）

作者

苏珊·爱德华兹·里士满是一位充满激情的观鸟者和博物学家，目前她在马萨诸塞州东部的一个野生动物保护区从事学前教育工作。她是一名获奖诗人，出版了几本成人自然诗歌集和图画书《数鸟》。苏珊最开心的事是和丈夫、两个女儿一起探索大自然，当然了，还有研究鸟类！

绘者

玛丽贝尔·莱丘加喜欢大自然和观察动物，她进行艺术创作的灵感通常来自日常的散步途中。她出版了多部图画书作品，包括《十件美丽的东西》《你的口袋里有什么？》等。目前她在西班牙生活和工作。

致谢

我要向马萨诸塞州奥杜邦协会那些专注于鸟类系统保护的博物学家和教育家致以深深的感谢，尤其是杜姆林农场的工作人员，他们给予了我很多参与重要工作的机会。我要特别感谢观鸟站的负责人凯西·西摩、奥杜邦协会的高级区域主任雷娜塔·庞波尼，还有格温·希普利，他们曾邀请我作为志愿者参与一晚的棕榈鬼鸮环志活动，并为我这则故事的初稿的准确性和灵敏度把关。我很感激詹妮弗·德·齐亚拉文学经纪公司的斯蒂芬·弗雷斯，他不仅爱上了这则故事，成了我的经纪人，还为这则故事找到了完美的归宿。同样要感谢我的编辑们，莫妮卡·佩雷斯和朱莉·布利文，感谢她们对这部作品的精心照料，还有画家玛丽贝尔·莱丘加，感谢她用精湛的艺术为索娃的故事增色许多。还有，最后，谢谢吉姆，我的爱人，陪着我成为一只夜间猫头鹰，谢谢我羽翼丰满的小猫头鹰们，索尼娅和埃蕾娜。